新しい人　新しい言葉

戦後日本のキリスト教詩人たち

木下裕也
KINOSHITA Hiroya

一麦出版社

Soli Deo Gloria

まえがき

日本の人口に占めるキリスト者の比率からすると、キリスト者詩人の割合がかなり高いことをご存じでしょうか。本書の意図は日本のおもなキリスト者詩人たちを紹介することにあります。キリスト者の詩人というと八木重吉、山村暮鳥といった名前がまず浮かぶかと思いますが、本書では第二次世界大戦後に創作活動をなした比較的新しい世代の人々を取り上げます。

十二人の詩人たちを選びました。おのおの経歴や活動歴はさまざまですが、だれもが戦後のキリスト者詩人として外すことのできない人々です。世代的にかたよらないこと等も考慮しましたが、何よりも私自身がその詩作品に惹かれ、親しみを覚え、あるいは影響を受けてきた人々をおのずから選んでいくことになりました。もちろん、本書で取り上げることのできなかった多くのキリスト者詩人たちがいます（とくに、女性詩人をもっと取り上げるべきであったと思います）。一九九二年に創設された日本キリスト教詩人会によって、これまでに七冊の「詩華集」（アンソロジー）が編まれています（『神の涙』『イエスの生涯』『創世記』『聖書の人々』『聖書の女性たち』『聖書における背きと回帰』『聖書における光と影』いずれも教文館刊）。手に取っていただいて、ここではふれ得なかった詩人たちの作品にも親しんでいただけたならと願うものです。

平和と民主主義をうたう憲法をかかげて歩み出した戦後日本ですが、経済成長や効率主義、物質万能主義的風潮にあって命を重んじる、人権を守る、平和を実現し環境を守るといった局面においては課題を残してきたと思います。戦後社会と近代文明のありかたそのものを根本的に問う出来事も重ねて起こりました。詩人たち一人ひとりの背後にも戦争や病、国家や社会の状況が深刻なしかたで反映しています。時代的な苦悩やたたかいを担いながら、詩の言葉によってキリストの光を灯し、命の言葉を紡ぎ続けた人々のことを記憶に刻みたいのです。今この時代にも彼らの言葉は決して色褪せることなく、光を放ち続けています。その消息を確かめたいのです。

目次

新しい人　新しい言葉

石原吉郎――深き淵より

位置

しずかな肩には
声だけがならぶのでない
声よりも近く
敵がならぶのだ
勇敢な男たちが目指す位置は
その右でも　おそらく
そのひだりでもない

無防備の空がついに撓《たわ》み
正午の弓となる位置で
君は呼吸し
かつ挨拶せよ
君の位置からの　それが
最もすぐれた姿勢である

石原吉郎（一九一五―一九七七年）は静岡県に生まれ、東京で育ちました。現在の東京外国語大学でドイツ語を学び、卒業の年に洗礼を受けます。神学校受験準備中に応召、ハルピンの関東軍情報部に配属されます。敗戦の年の十二月にソ連軍に抑留されてシベリアに送られ、日本軍捕虜収容所に収容され、重労働二十五年の判決を受けて森林伐採、流木、土木、鉄道工事、採石等に従事。栄養失調に苦しめられ、身体のはなはだしい衰弱をきたします。一九五三年、スターリン死去にともなう特赦により帰国、復員。以後戦後の日本詩壇を代表する詩人のひとりとして活動を続けました。

石原吉郎の詩の原点にあるのはシベリア体験です。敗戦の翌年から八年の間過ごすことを強いられた強制収容所での生活。「鉄道の枕木一本について囚人一人が死んだ」と言われる鉄道沿線の密林地帯での過酷な労働の日々。一歩でも隊列を離れるとその場で射殺される極限状況。ひと缶のわずかな食糧を捕虜同士で奪い合う深刻な飢餓。人間が人間であることを根こそぎにされる地点。ある評者は石原について「この世で起りうる極限のすべてを見てしまった」人であると言っています。もはや国家も組織も、政治も思想も、人間も信じることができない。そういう徹底した孤独の中で彼は聖書を読み、詩を書いたのです。

石原が死去した時、彼が所属していた日本基督教団信濃町教会の池田伯牧師は詩編一三〇編の冒頭を引きつつ語っています。「『ああエホバ（神）よ、我深き淵より汝を呼べり』。ここで『深き淵』とは、神を呼びえないところのことである。絶望的体験のさなかのことである。この旧約聖書の詩人は、その神を呼びえぬところにあって、なお神を呼ぶ。（略）私は石原さんを思うて、その思想情況あるいはその位相の、この詩篇の詩人になんと近いかを思わざるをえない」（『現代詩読本2　石原吉郎』思潮社、一九七八年、一八一頁）。そのような限界状況にあって、石原は神を呼んだのです。

石原吉郎における大切なキーワードは「断念」です。信仰とは断念であるとも語られます。石原はキリスト教信仰に死の問題から入っていったと回顧しています（受洗はシベリア抑留前ですが、すでに徴兵検査を終えた時期でした）。おそらくそこでの断念とは、神の前で起こる古き人の断念です。断念とは逃避であるとも言われます。神への逃避です。ともあれ神にあって生きるために、古き生を断念するのです。

そうであれば、そこには断ち切られるということにとどまらず、新しい人間が誕生するということも含み込まれているはずです。キリストと共に死に、キリストと共に生きる。ローマの信徒への手紙六章一節以下、またガラテヤの信徒への手紙二章一九、二〇節が想起されます。深き淵から、石原はこのキリストの救いを切実に求めたのだと思います。

作品「位置」は第一詩集『サンチョ・パンサの帰郷』（思潮社、一九六三年）の冒頭に置かれています。ぎりぎりのところまで切り詰められた言葉で書かれた詩で、それは「余白」「沈黙」の余地が多いということでもあるために、これまでさまざまな解釈がなされてきました。戦闘の場面を描いているという人もあり、銃殺される場面だという人もあり、エデンを追放されたアダムとエバの姿だという人もあり、十字架につけられたキリストだという人もあります。ともあれ、この詩の背後にもシベリア体験が存在していることは確かなようです。
「しずかな肩」。緊迫した時間が伝わってきます。そこに「声よりも近く／敵がならぶ」（言葉を圧する物理的暴力、ということでしょうか）のです。銃をかまえた敵に囲まれている光景が浮かびます。敵とは、戦争によって人間性を奪われた人間たちです。そうした人間たちに取り囲まれて、なお幾分かでも人間性の喪失を食い止めようとするなら、さらに孤立を深めるほかはない、そういう状況であるとも言い得るでしょう。

けれども思います。敵に銃を向けられている「君」（詩人自身をさすでしょう）は、おそらく自分自身の内部にも敵が存在していることに、他者にとっては彼自身も敵であることに、すでに気づいているのではないだろうか。捕虜収容所で獣と化していく人間の群れを否応なしに見せつけられてきた人です。その獣化していく人間もまさに人間そのものであった。そして、彼自身もまぎれもなくそのひとりであった。そのことに想到して、彼は内なる敵をも見つめているのではないだろうか。

その敵は審判を受けるのです。審判をなすのは「その右でも　おそらく／そのひだりでもない」。横並びの者たち、すなわち人間ではない。国家でもない。この世のいかなる裁判法廷でもない。水平の位置にいる者たちではない。

「無防備の空がついに撓み／正午の弓となる」。天が撓み、弓のかたちとなり、そこに審判の矢がつがえられるのです。つまり敵たちを審判するのは、天に座す永遠者です。この世を超越した、人間に対して垂直の位置に立つ絶対者です。その審判は完全なる義による審判であり、人間存在をその根底においてさばく容赦のない審判です。しかし、その審判がなされる「位置」に立つ。この永遠者のもとで「呼吸し／かつ挨拶」する。その時はじめて人間の、人間であることの位置が定まることになる。そういうメッセージを読み取ることはできないでしょうか。

さらに、この審判こそがこの世と人間のありように根本的な転換をもたらす。この審判者のもとでこそ人間は古き人を葬られ、新しき人として誕生する。この事実に、詩人はみずからの命と実存とを賭けて生きたのではないでしょうか。

信仰とは「(人間の)挫折そのもの」であるとも石原は語っています。が、同時に「そのような挫折の全体が、巨《おお》きくあたたかな次元で許されているという保証がなければ、そのような挫折に私たちは到底耐ええないだろう」とも語っているのです。

志樹逸馬——命の水をすくう

曲った手で

曲った手で　水をすくう
こぼれても　こぼれても　みたされる水の
はげしさに
いつも　なみなみと　生命の水は手の中にある
指は曲っていても
天をさすには少しの不自由も感じない

ハンセン病を病む人々の歴史は、日本の社会にあっても大きな苦難と差別とたたかいの歴史でした。この病気の感染率がきわめて低く、感染例はほとんどないにもかかわらず、政府は感染予防の名目のもとに患者たちを人里離れた村や離島の療養所に強制的に隔離し、患者たちは家族や愛する者との絆をひき裂かれ、社会から締め出され、職場を追われ、この病気が外見を著しく侵される病気であるということもあって、筆舌につくしがたい誤解や差別や偏見のもとに置かれ続けたのです。

しかし、そうした苦しみのただ中でキリストと出会い、キリストを信じて生き抜いた人々があり、さらには文学表現——小説や短歌や詩によってキリストを証しして生きた人々があります。ハンセン病のキリスト者たちの文学は日本の国、日本の社会にあって確かな光をかかげてきたのです。

志樹逸馬（一九一七—一九五九年）は山形県に生まれました。六人兄姉の末子として家族の愛に恵まれた少年時代を過ごしますが、一九三〇年、十三歳の時にハンセン病の診断を受け、東京の全生病院（現在の国立療養所多磨全生園）に入院します。兄に連れられて病院を訪れ、気がつくと兄はいなくなっており、それが家族との別れでした。「あの日 私は中学制服に鞄一つさげて／ハンセン氏病療園に入った／／盲目の人　全身腫れ物に爛れた人／ゆがんだ鼻／一つ鍋をかこんだ軽症な友人」（「（二十八年間）」）。そこがただならぬ場所であることは気配で察したが、どういう所なのかをだれも教えてくれなかったことが悲しかった。病名も告げられず、病状や治療法の説明もなかった。ただ家に帰らせてくれと言い続けた。自分は捨てられたと思った。

一九三三年、十六歳の時に岡山の長島愛生園に転院します。養鶏や畑仕事に励み、精力的に読書し、詩を書き始めます。一九四二年、結婚。伴侶となった治代さんはキリスト者でした。その年のクリスマスに園内にあった長島曙教会で洗礼を受けます。この頃から病状がさらに悪化。手足の麻痺が進行し、すべての指が曲がります。当時愛生園では多くの患者が亡くなっており、自身も一時は死を覚悟しますが、病状が悪化するほどに草木のみずみずしさが感じられ、詩作の意欲が増すと言い、麻痺の手でも文字が書きやすいように、万年筆に白い布を巻いて書き続けたとのことです。

その後治療薬により病状は改善し、ハンセン病者たちによるアンソロジーへの寄稿等充実した創作活動を行い、そうした活動を通して哲学者の鶴見俊輔や精神科医の神谷美恵子（『生きがいについて』執筆のきっかけをつくったのは志樹逸馬であったとのこと）との出会いも与えられます。離れていた家族との再会も果たしますが、四十歳を過ぎた頃に結核にかかり、一九五九年の一二月に天に召されました。

志樹逸馬の詩には病の苦痛や差別、偏見のかなしみをうたったものもありますが、多くの詩は明るく、繊細で、おだやかで、読む者にしずかな喜びをもたらします。彼は物静かで、やさしい言葉で話す人で、草花を丹精して花の鉢を人々に分け、だれからも愛されたとのことです。魂で書かれた詩であるゆえに、読む者の魂に届く。そういう印象があります。すでに詩を書き始めた十代の頃に、よい詩とは読み手の魂を根底から揺さぶる詩であり、そのような詩を書くためには自分の中に愛の力を養い、育んでいなければならないとの考えを宿していたようです。

彼は三十代半ばの頃、ハンセン病について語っています。「この病が恐ろしいもの、天刑によるもの、いまわしいものとの偏見があることは否めないが、そのような考えに押しつぶされてしまってはならない。大切なのはこの病を得たわたしも人間であること、そして、そのわたしが主体性をもって生きることだ」。

また四十歳の時、ハンセン病者による合同作品集が刊行されたおり、その「後記」にこう記しています。わたしたちの願いはハンセン病療養所に対するいたずらな悲壮感を排し、あらゆる人間が生命を尊重し合い、個の真実を示すことにより人類の一員としての責任を果たし、いかに生きるかという問題を追及し、より健康な人類の歴史を創造することである。

作品「曲った手で」は『志樹逸馬詩集』（方向社、一九六〇年）に収められています。豊かな水をたたえて流れる川の水を、両手ですくおうとする詩人の姿が浮かびます。しかし、彼の手の指は曲がっているので、水をすくい上げることができません。そのままこぼれていってしまうのです。

けれども「こぼれても／こぼれても／みたされる水」を彼は見つめています。「いつも　なみなみと／生命の水は手の中にある」。目に見えない命の水です。詩人は言います。わたしの手は水をすくうことができなくとも、わたしの全身は見えざる命の水によって豊かに満たされている。

その大いなる事実に気づくことができたのは、彼の手が曲がっていたからです。「曲った手」はハンセン病を病む詩人の手であるにとどまらず、彼の苦難の象徴でもあるでしょう。同時に、ここにわたしたち自身の苦難を重ね合わせることもゆるされるでしょう。ともあれ「曲った手」であるからこそ、水をすくい上げることができないかなしみをもつからこそ、見ることができるものがある。もし手が曲がっておらず、すべての水をすくうことができたなら、そこからこぼれ落ちる尊いものに気づくことはなかったでしょう。実は、人間はそれによって生かされているのだということを知らされることもなかったでしょう。すくい上げ得るものではなく、こぼれ落ちるものの中に、詩人は真に人間を生かす霊的な命を見ているのです。

志樹逸馬の詩は、こぼれ落ちる尊いものを霊の目で見て、それを一つひとつ拾い上げることで生み出された詩であると言うことができます。彼の詩の素材はどれも日常的なものです。瀬戸内海の離島の療養所の生活の中で日々触れる自然や草花、野山や海、小さな生き物、日用品。霊の目を開けば、そうしたものの中に隠された神の恵みのしるしをはっきりと見て取ることができるのです。「全部掬ったつもりの手からこぼれているもの／わたしにそそがれたもの総てが／ここに　どれだけ噛みしめられているかを見て頂き／もし　わたしの全身のどこかに／少しでも眠っている箇処があったら目覚めさせてほしい」（若松英輔編『新編　志樹逸馬詩集』亜紀書房、二〇二〇年）。

島崎光正——分水嶺

石

池の水から
あがったばかりのように
種をこぼした草の褥《しとね》の上にすわり
初冬の陽に向かい
石のように抱いていた
「死」の衣を脱ぎそめる

島崎光正（一九一九―二〇〇〇年）の人生には、すでに出生の時からかなしみと重荷が重なり合っていました。父は医師として福岡の大学病院に勤めていましたが、彼の生まれたひと月後に患者から感染したチフスによって三十三歳の若さで世を去ったため、彼は父の遺骨と共に父の郷里であった信州に帰り、祖父母の手で育てられることになります。母はその時二十三歳。さまざまな事情により信州に来ることができなかったため、実家の長崎にとどまらざるをえず、その後母は彼を抱くこともできないまま亡くなりました。彼の最初の記憶は、祖母の背に背負われていたことであったとのことです。

加えて、彼には先天性の二分脊椎という病気がありました。脊椎の裂け目から外部の圧力が直接神経に加わり、それが両足の障碍となってあらわれるものです。後に病状は悪化し、両足首が内側に反り返り、そのため長靴しか履くことができず、松葉杖も必要とすることになったのです。

一九三三年、松本商業学校に進学しますが、足の病気のために通学困難となり、退学を余儀なくされます。学業の望みを絶たれたこともあり、以後は文学の世界に誘われ、短歌や小説や詩に親しみますが、太平洋戦争開戦間もない時期に突然警官に連行され、半年間留置所と刑務所で過ごすことになります。かかわっていた文学活動が反戦運動と見なされたためです。

失意の中でひとりの人物を思い起こします。通っていた小学校の校長であった手塚縫蔵です。

東京神学社で植村正久に学びましたが、伝道者にはならず、信州に帰って教育者となった人です。信徒として伝道に励み、同志と共に松本日本基督教会を設立しました。この人との出会いによって聖書とキリスト教に導かれ、一九四八年に松本日本基督教会で、そのおり信州を訪れていた植村環牧師から洗礼を受けます。

敗戦前後の時期に相次いで祖父母を失い、天涯孤独の身となり、人形作りや養蚕、謄写版印刷の仕事をしながら独り暮らしをしていた彼は、一九五九年に上京し、国立身障センターに入所します。そこで職能訓練を受け、両足の整形手術を受けることになります。手術は成功し、短い靴を履けるようになり、松葉杖も手放してステッキ一本で歩けるようになりました。

二年後に民間の身障者施設に移り、そこで出会った女性と結婚。キリスト者詩人としての活動の幅も広がり、キリスト教雑誌「共助」の編集者や日本基督教団発行の「信徒の友」の詩投稿欄の選者を務めました。身体障害者キリスト教伝道協力会の会長の職にもつきました。

島崎光正にとっては、詩の言葉と信仰の言葉はひとつです。愛する故郷信州の自然や、そこでの生活を詩にするおりにも、人生経験や人との出会いを素材とするおりにも、詩人は背後に神の恵みの御手を見ています。おのずから、どの詩もキリストを指さし、キリスト者と共に真摯に生きる詩人の生きかたを物語るものとなっています。素朴に、率直に、詩人はキリストをうたい、自身を生かしておられるキリストを喜び、深い感謝をささげます。

とりわけ、彼はキリストのもとでは苦難も益となるとの大いなる真理を証しする証人です。彼は長く使用し、彼を助けてくれた長靴と松葉杖についてこのようにうたいます。「もし天国に召される日／僕はやっぱりお前を穿いてゆくだろう／そして主のみ前で／親切だった胸のまん中に／勲章をつけてあげよう／今日山上で見た萩の花のような／ルビーの粒つぶを」（「僕と長靴と」）、「けれども、あなたは松葉杖をお貸しになり／私はそれを頼りに歩きます／／杖は私を運びます、人より遅く／けれども路の上を運びます／村の音楽会にも出かけます／友との別れには送ります／／この杖は私にだけさずけたもうた／私にだけ、だから名札をつけません」（「杖」）。そして、このようにうたいます。「悲しみ苦しみ多き今こそ／私は主に頼った。暗い真夜中を／主は光の矢となりて導きたもうた」。「もしも薄絹のように暁を迎える折あらば／私は多分気づくにちがいない／悲しみ多き日にこそ／わが幸、わがよろこびの溢れたことを／主と交りの聖なる時を持ち得たことを」（「悲しみ多き日にこそ」）。

作品「石」は詩集『柊の花』（日本基督教団出版局、一九八二年）に収められています。イメージの鮮やかな詩です。洗礼の光景が浮かびます。「初冬の陽に向かい／石のように抱いていた／『死』の衣を脱ぎそめる」との詩句は「わたしたちは洗礼によってキリストと共に葬られ、その死にあずかるものとなりました。それは、キリストが御父の栄光によって死者の中から復活させられたように、わたしたちも新しい命に生きるためなのです」（ローマの信徒への手紙六章四節）との聖句を想起させます。

詩人はしばしば「分水嶺」について語っています（作品にも出てきます）。分水嶺とは、文字どおり水を右と左とに分ける嶺です。詩人の郷里の信州にもそうした場所がいくつかありました。詩人は言います。「人生の旅においても、分水嶺は思いがけなく現れる。水を右と左とに分ける嶺。そこに立つ時、そのどちらかに賭けなくてはならない勇気が問われる。そしてその分水嶺は、人と人との出会いをとおして、その場所に導かれる場合のあることをも、じゅうぶんに考えられなければならない」。

そのように言いつつ、詩人は続けます。人と人との出会いにおいては「両者にそれを引き起す因子のようなものがあって、満たされる『時』に到るのを待っていたかのようである。この因子も時も、人間の知恵とわざを越え、大いなるもののみ手のうちに置かれている。従って、それは、不意に訪れる」（『私の旅路』ぶどう社、一九九二年、一四頁）。

詩人の人生には多くの出会いが備えられていました。母との出会い。彼を育ててくれた祖父母との出会い。彼を信仰に導いた手塚縫蔵との出会い。伴侶や同病の友との出会い。矢内原忠雄、森有正、植村環、椎名麟三といったキリスト者たちとの出会い。その一つひとつに、詩人は分水嶺に立つ彼にその時々に差し伸べられた摂理の御手を見ているのです。彼の人生が、終始神の恩寵のもとに織りなされてきた消息を確かめているのです。

そして詩人にとっての文字どおりの分水嶺は十字架と復活のキリストとの出会い、「初冬の陽に向かい／石のように抱いていた／『死』の衣を脱ぎそめ」た受洗の時であったことはまちがいのないことでしょう。

澤村光博——死を超克するもの

献身

こまかい枯枝のあいだにひっかかっている貧しいホテル
おお　そこから
あらゆる冬の鳥らがとんできて
僕の窓に藁《わら》をこぼす
　こんじきに輝くひとすじの藁を

死を忘れなさい　死を忘れなさい　死を忘れなさい

忘れなさい　すべて生は
死へのまわり道にすぎないが
忘れなさい　あなたの〈時〉の中で
死が献身し　あなたの胸の動悸で単純な日々をつくりだすのを待ちなさい……

透明な薔薇色の空のあとで
鳥はもういない
夜が世界をひたしていたから
〈献身する死が愛をつくりだすのは　この今です
　あなたの行為と祈りの中で〉
聴いているのは　もうお前ではない
僕の胸の中の単純な動悸だ
だが　僕にはもう僕の姿さえ定かではない
しょんぼりと一つ　くらがりで
ランプの瞼《まぶた》が純粋な歌をうたっているばかり

澤村光博（一九二一―一九八九年）は高知県に生まれました。一歳の時に母が亡くなり、叔母の家に引き取られて五歳までそこで過ごしますが、昭和恐慌のあおりを受けて父と叔父が共同経営していた工場が不振となり、実家に戻ります。生家には土佐の朱子学の影響がのこっており、後のキリスト教の影響はその上に批判的に築かれたとのことです。

十代半ば頃、家庭の問題もあって多感な思春期を悩みの中で過ごし、故郷の自然の美しさに慰められつつ、スポーツに励み、文学書に親しみ、短歌雑誌に投稿し、日本基督高知教会の礼拝に出席して多田素牧師の説教を聴いたりもします。

一九四〇年、肺結核と診断され、以後二十年間この病気を抱えることとなります。闘病生活の中でカトリック神学者吉満義彦の著書を通してカトリシズムに近づき、ヨーロッパの神学者の書物やドイツ、フランスの文学にもふれて読書の幅を広げていきます。アウグスティヌスの『告白』を読んで感銘を受けるのもこの時期です。

翌年徴兵検査を受けますが、肺結核のため兵役免除となります。秋、兄が戦死。友人たちも続々と召集されて戦地におもむき、その多くはふたたび戻ることはありませんでした。太平洋戦争開戦後喀血、入院。以後も療養生活を送ります。敗戦時には、それまで国家主義をとなえていた人々がにわかに民主主義を叫び始めるという日本人の精神構造に不快感を覚えたと回顧しています。

戦後本格的に詩人としての活動を始めます。一九五〇年には詩人北川冬彦らにより詩誌「時間」が創刊され、同人として加わります。この詩誌には次項取り上げる藤一也も参加しており、親交もあったようですが、藤がプロテスタントであったのに対して澤村はカトリックの信仰と思想に立脚しながら創作しました。彼は日本を代表するカトリック詩人のひとりです。

一九六三年、東京の病院で胸部成型手術を受け、長い肺結核の闘病からようやく解放されます。以後詩集の刊行とともに評論活動でも注目され、大学で教鞭も執りました。キリシタンの歴史の研究者としても知られています。

澤村光博に詩を書かせたものは何であったのか。詩人鶴岡善久は、それは戦争であったと言っています。戦争によって、彼は多くの友人たちを失いました。それは無意味な死に思えてなりませんでした。国家権力によって命を奪われること。われわれはその事実をどう受け止めるとよいのか。その問いを、生き残った自分は死者たちから問われ続けている。そのように問う死者の目に、今もさらされ続けている。そうであるかぎり死者たちはなお死んでいない。生き続けている。生き残った者たちが担わなければならない仕事、こたえなければならない問いに、永遠にかかわり続けている。

パウル・ツェラン（一九二〇―一九七〇年）という詩人がいます。両親共にナチスに連行されて強制収容所に送られ、父はそこで病死し、母は銃殺刑に処せられるという痛ましい経験をもつ人です。ドイツの哲学者アドルノは、アウシュビッツ以後もはや詩を書くことは野蛮である（この出来事を根本的に批判し、超克する詩の言葉が生み出されないなら、詩を書くことすら人間の文化と背反する野蛮な行為である）と語りました。しかし、ツェランはその後も詩作を続けました。ツェランにとって詩を書くこととは、名前もなく死んでいった無数のユダヤ人たちを忘却の彼方から救い出し、彼らに呼びかけ、ひとりの人間として生きた証として、彼らの一人ひとりにもう一度、いわば墓碑銘として「名前」を与えるいとなみであったと評されます。もはや物言わぬ死者たちの代弁者、証言者、また告発者となること、澤村もその使命を自身に課していたのかもしれません。

加えて、澤村には肺結核という厳しい病気がありました。死は彼にとって親しい、近しいものであったにちがいありません。死の問題の解決を、彼は早い時期から求めていたのだと思います。

そして死を超える客観的、普遍的な価値をカトリックの思想と神学の中に見出したのでしょう。

作品「献身」は詩集『エヴァの樹』（『澤村光博 全詩集』土曜美術社、一九七五年）に収められています。美しく、繊細で、鮮烈なイメージをもつ詩です。「こまかい枯枝のあいだにひっかかっている貧しいホテル」からあらゆる種類の冬の鳥たちが飛んで来て、「僕の窓」に「こんじきに輝くひとすじの藁」をこぼしていきます。鳥たちがくわえ、落としていく藁は金色に輝いているのですから、この世のものではないでしょう。天からの啓示の言葉でしょうか。

その言葉は「僕」に繰り返しささやきます。「死を忘れなさい」。死が忘れられたところに、平安がある。しかし、死を忘れることなどできません。おそらくここでの死にも、いまわしい戦争の影がまとわりついています。その死を忘れよ、と語ることができる存在があるとすれば、またその存在に本当に死を忘れさせる力があるのだとすれば、それはやはりこの世と人間を超えた存在です。

「死が献身し」。何が言われているのでしょうか。死が献身することによって「あなたの胸の動悸で単純な日々」がつくり出されると言われます。「胸の動悸」は生命の鼓動を示すものですから、死とは正反対のものです。新しい生命のことを言うのでしょうか。死が献身することで、新しい生命が生み出される。そのことによってこそ、死を忘れることができる。そういう消息がうたわれているようにも思われます。

「死が献身」する。やはり、この表現の意味を問わざるをえません。そして、ここにどうしても古い生命が新しい生命に生まれ変わるという消息を読み取らずにはおれません。十字架のキリストが「僕」のために御自身をささげてくださった。それゆえに「僕」はそれまで知ることも、味わうこともなかった生命の鼓動を感じている。その新しい生命は、今「僕」の中に息づき始めたのであり、その生命を大切に宿す日々の重なりが「単純な日々をつくりだす」。すなわち、その新しい生がもはや異質なものではなく、それが日常的な、安らかなものとして定着する。その時を静かに待ち続けなさいということではないでしょうか。

そうであれば、この命をキリストの復活の命と見ることもできそうです。「〈献身する死が愛をつくりだすのは　この今です／あなたの行為と祈りの中で〉」。復活の命とは、愛の命である。その命に生かされることによっておりなされる献身の生。それはまさに天から授けられた生である。そうした想いがこの詩に込められているのではないでしょうか。

藤一也——火の中で

わが Credo（部分）

ぼくらにとって　異質こそ
　ぼくらの　根源であり　意味であり　真理であり
根拠であり　可能性であり
ぼくらにとって　超越こそ
　ぼくらの　根源であり　意味であり　真理であり
根拠であり　可能性であり……

収穫と炎天の　火の中で
森と界面の　火の中で
契約と黙示の　火の中で
物質と記憶の　火の中で

非知と非在の神よ
esse essentiae※の神よ
存在の中の存在の神よ

唯一者よ！

（※「本質的存在」）

藤一也（一九二二―二〇一七年）は岡山県に生まれました。旧制中学を結核発病のため除籍となり、療養生活の中で聖書や文学にふれます。現在の東京神学大学に進学。休学中応召があり神戸におもむきますが、健康診断で不適格となって故郷の岡山に戻ります。岡山の空襲では伯母、従妹四人が行方不明となり、長崎原爆でも親族を失います。神学校では神学雑誌を創刊するとともに、戦災孤児救援活動に従事しました。

一九四八年神学校卒業後、日本基督教団千葉通町教会（現在の西千葉教会）を経て福島県の二本松教会に牧師として赴任。この時期から本格的な詩作活動を開始します。また、小説も執筆します。

一九五四年に仙台の東北学院チャプレンとなり、高校、大学で聖書とキリスト教学の講義を担当。教会やキリスト教主義学校における働きとともに、旺盛な文学活動を展開します。一九六八年、大学紛争が東北学院にも波及。学生大衆団交の関係者の中には彼の講義を聴いていた学生たちも含まれていました。この経験の中で政治と国家、自身の存在と信仰のありかたを問い直し、詩集『わがCredo』を構想。その後『東北学院百年史』の編纂にもたずさわりました。

藤一也が問い続けたのは「キリスト教詩」は成立し得るかとの問いであり、彼が生涯を賭けて取り組んだのは「キリスト教詩」を成り立たせる試みであった。そのように言うことができます。

それはふたつの「神なき状況」と向き合うことであったでしょう。ひとつは日本的宗教風土です。日本人は「天地の造り主、全能の父なる神」を知らない。「わたしはある」（出エジプト記三章一四節）と言われる神を知らない。世界と人間を超越する永遠者を知らない。永遠の神のもとに被造物たる人間が立たされる、その聖なる感覚を知らない。永遠の神と向き合うことで人間存在が降りていかなければならない、深い次元を知らない。そうしたものはもともと日本人にも、日本人の宗教観にも、日本文学の伝統的美意識にもない。日本文学には存在や事物の本質や存在理由、根拠を問う習慣はない。あるのは「無常」の意識だけである。そうした中で永遠者、人格者なる神を仰ぎつつ詩を書くとはどういうことか。そこに生み出される詩の言葉は、どのような言葉となるのか。

もうひとつは近代から現代に至る世界的状況です。啓蒙主義、合理主義の時代以降、人間は神を棄て、人間理性や合理性、科学的精神といったものにもっぱら信頼を置き、自身の知恵や判断を絶対のよりどころとして生きるようになった。そこで生み出された世界はどのような世界であったのか。政治の混乱、道徳の退廃、命や人権の軽視、人間疎外状況の進行、二度の世界大戦、ホロコースト……。原罪を宿す人間がエゴイズムをむき出しにしつつ作り出した無神論的な文明と社会の中で、いったい人間は何を失ったのか。それはまさに彼自身の生の、存在の根拠にほかならなかった。それゆえ永遠者のもとに立ち帰ることのほか、世界と人間の回復ということはない

――詩の表現をとおしてこのメッセージを語る預言者的使命を、藤は自覚していたのだと思います。

藤と親交のあった渡辺元蔵は、藤の詩についてこのように分析しています――世界の不条理性は、この詩人に激しい衝撃を加える。加えて、ぬぐわれることのない原罪意識が彼を苦しめる。その苦しみと不安の中で、彼は神との生きた関係を熱情的に求める。そして彼の詩の中に、神に対する讃美と告白と願いとを見る。彼の詩は神との通信であり、その本質は祈りである。詩の言葉と祈りの言葉が重なり合っている。ここに詩人であり、伝道者である彼の詩の特質がある。

詩集『わがCredo』(万葉堂出版、一九七八年)は五十五歳の時の第一詩集です。三〇〇〇行に及ぶ長詩です。およそ十年の間、藤はこの詩句だけを書き続けたとのことです。「あとがき」に記されます。「人間存在とは何か、神とは何かにわたしは拘泥した。今も、それは変わりない。/わたしはその間、〈詩的なるもの〉と〈宗教的なるもの〉について――つまり『詩と宗教』の問題について――考え続けて来た。この詩集はその一つの試みとも見える」。

「Credo(クレドー)」とは「『使徒信条』のことで、紀元四世紀頃成立し、現在もキリスト教会が告白するキリスト教の基本的な信仰告白のことである」。つまり、この詩集は詩人の信仰告白としての意味ももつということでしょう。しかし、そこでの信仰の告白は火のようなたたかいの様相を呈したのです。まず、詩作品の中で永遠の神に触れること。永遠者、超越者を知性と感性の両面においてとらえ、そこから詩の言葉を生み出していくこと。それそのものが（日本の精神伝統にはなかった）大きな試みであったにちがいありません。

さらに、それは聖なる神の前に立つことであった。自分が罪人であり、神とは「異質」な存在、「汚れた唇の者」（イザヤ書六章五節）であり、「災いだ。わたしは滅ぼされる」（同）と叫ばざるをえない者であるにもかかわらず、聖なる神の前に立つ。

同時に、世界と人間の暗黒状況から目を背けることなく、そこから逃避せず、（ダンテ『神曲　地獄篇』のような）闇の深みの次元をも描き出す。そのように聖なる領域と闇の領域の双方を直視し、強靭な、鮮明なイメージによって言語化していく。そうした言語世界を、あたかもゴシック建築を建造するようにして緻密に、劇的に構築していく。それがこの詩人の方法であり、そのような地点に「キリスト教詩」成立の可能性がはらまれていると詩人は理解していた。とすれば、「キリスト教詩」を書いていくことはまさにキリスト者として生きることであった。そこにはおのずから厳しいたたかいがともなうことになったでしょう。

プロテスタント信仰は聖書啓示に立ち、聖書のまなざしから世界と人間のいっさいを見るゆえに、自然神学の成立する余地を認めない。始祖アダム以後、世界と人間は共にキリストの贖いを待ち望みつつ、うめきと苦しみの中にある。この世界は壊れ、損なわれた世界です。キリストはこの壊れ、損なわれた世界に来たり、苦しみを受けられた。それゆえ藤は言います——プロテスタントの詩は十字架の事実を除いては成立しない。それは壊れた世界の再構成をめざし、新しい天と地を待ち望む終末的希望の詩である。それは祈りであり、「完全への、完成への、復活（救拯《きゅうじょう》）への、再創造への熾烈《しれつ》な意欲《いよく》である」（渡辺元蔵『藤一也　その詩と思想の系譜』近代文藝社、一九八九年、九八頁）。

桜井哲夫——新しい人

おじぎ草

夏空を震わせて
白樺の幹に鳴く蝉に
おじぎ草がおじぎする

包帯を巻いた指で
おじぎ草に触れると
おじぎ草がおじぎする

指を奪った「らい」に
指のない手を合わせ
おじぎ草のようにおじぎした

桜井哲夫（一九二四―二〇一一年）は青森県に生まれました。十三歳でハンセン病を発病し、十七歳の時に群馬県草津にある国立療養所栗生楽泉園に入所します。当時ハンセン病患者は政府の強制隔離政策により名前を奪われ（「桜井哲夫」は偽名、本名は長峰利造）、本籍を移され、郷里では存在しない者とされました。患者の家族も婚家を追われ、就職口を失う等の差別や迫害を受けました。療養所は運営の大部分を入所者の労働に頼っていたため、桜井も重症者の看護等の重労働を強いられます。

一九五三年、療養所で知り合った女性と結婚。入所者は結婚すると（子孫をのこさないため）断種させられることになっていましたが、その手術が失敗であったため夫人は女児を身ごもります。しかし、白血病に侵されていることがわかり、もはや出産に耐ええない病状でした。妊娠六か月目に夫婦は愛児を失います。二年後夫人も二十六歳の若さで世を去ります。その後彼自身の病状も進行し、両手両足の指と声帯を失い、さらに二十九歳の時に失明します。

一九八三年、療養所内にあった栗生詩話会に入会し、詩を書き始めます。文学に親しみ、聖書や神学書にも養われ、一九八五年、六十一歳の時にカトリックの洗礼を受けます。一九八八年、六十四歳で第一詩集『津軽の子守歌』を出版、以後五冊の詩集を編みました。二〇〇一年、熊本地裁における「らい予防法」違憲国家賠償請求訴訟のおりには証言台に立ちました（原告勝訴、国は控訴を断念）。二〇一一年、七十年を過ごした栗生楽泉園において天に召されました。

桜井哲夫の詩には透明な明るさと、たくましさと、ユーモアがあり、故郷津軽の民謡を思わせる素朴なリズムが響いています。人間的にもたいへん魅力的な人であったようです。彼を知る人々は彼をガキ大将のイメージで語っています。ハンセン病者の中でも病状がきわめて重く、両手両足の指を奪われ、視力も声帯も奪われ、皮膚感覚も腹部のごく限られた部分にしかのこされていなかった。詩も、介護者の代筆により書かれました。闇の中から言葉が紡ぎ出されたのです。

けれども彼の周囲にはいつも若者たちや、作品を読んで訪ねて来た人々がありました。時に人生相談をもちかける人もあったようです。底知れぬ人間力ともいうべきものに、だれもが魅了されたのだと思います。彼のもとを訪れた女子学生のひとりは述べています――日常会話もまるで美しい詩のようであった。六畳一間の部屋から外に出なくとも社会とつながり、環境のせいにすることもなく、自分を律して生きていった。その「何も持たない強さ」に感動し、命一つで生きる人間の原点にふれ、魂がゆさぶられる思いがした。美しいものを美しいと認識できる心を育む。大切なことはすべて、桜井さんが自分の苦しい体験をとおして得た真実の言葉で惜しみなく与えてくれた（小林慧子「ハンセン病者の軌跡：詩で綴る桜井哲夫の生涯」北海学園人文論集54）。

加えて、人生の大半を六畳一間の居室で過ごしていたにもかかわらず、彼の魂はいつも世界全体と出合っていました。彼の視野は阪神淡路大震災、イスラエル、そして朝鮮へとひろがっていきました。

その強靭な人間力、精神力は、おそらく彼がその人生において担い続けた想像を絶する苦難と悲しみにより培われたものであったはずです。ふたつの事柄を考えることができます。ひとつは「らい」です。もうひとつは「朝鮮」です。ハンセン病者も朝鮮人も日本社会にあって差別と偏見の中に置かれ続け、生きる権利を、そして、命そのものを根こそぎに奪われてきた歴史をもちます。桜井哲夫というひとりの人の中に、両者の歴史が折り重なっています。

真佐子夫人は中国と北朝鮮の国境を流れる鴨緑江のダムの技師をしていた父から、ダムの底には数千人、数万人とも言われる韓国人労働者が埋められている、あなたは侵略者の娘だと言い聞かされて育ちました。父は桜井にも、侵略者の娘と一緒になったあなたも侵略者であると言い残して亡くなりました。

詩人村松武司（一九二四―一九九三年）は彼の文学上の師です。日本の植民地支配下のソウルに植民者の子として生まれ、敗戦まで過ごしました。日本の近代化が犠牲にしてきたふたつのもの――「らい」と「朝鮮」を生まれ育った朝鮮で目の当たりにし、自分は侵略者の子孫であるとの深い自覚を宿しつつ、一貫して「らい」と「朝鮮」の意味を問い続けた人です。栗生詩話会の詩欄選者となり、多くのハンセン病者詩人たちの詩集刊行にかかわりました（詩話会のメンバーにも朝鮮の人々がいました）。ハンセン病者の文学は非ハンセン病者であるわれわれに、人間存在とは何かということをまっすぐに問いかけるものとして重く輝いている。ハンセン病者の文学にふれることによって、病み、退廃している現代のわれわれ自身の人間性の回復もなされていくのではないか。ハンセン病者の回復は、非ハンセン病者であるわれわれ自身の回復でもあるのではないか。この視点から、村松はハンセン病者たちに寄り添ったのです。

真佐子夫人や村松武司から与えられたそうした経験、また歴史の学びの中で、桜井哲夫は「私は侵略者」という詩を書きます。「私は行こう韓国へ　そして韓国人の前で言おう／『私は侵略者』と／そして深く膝を折り謝罪してこよう／私には謝罪の他に何もできないのだから」。二〇〇一年、詩人は韓国への旅――ひとりの日本人としての、謝罪の旅に出たのです。帰国後倒れ、大きな手術を受けなければならなかったほどの体調であったにもかかわらず。

作品「おじぎ草」は詩集『タイの蝶々』（土曜美術社出版販売、二〇〇〇年）に収められています。ここでは詩人はおじぎ草に姿を変えて、自分を苦しめてきた「らい」を今は深く受け入れ、「らい」に向かっておじぎをするのです。「らい」に感謝し、「らい」にお礼するのです。

なぜでしょうか。「らい」にならなければ、彼はキリストを知ることはなかったであろうからです。キリストにある大いなる愛、キリストの永遠の命の恵みを知ることはなかったであろうからです。多くの人々との出会いもなかったであろうからです。

「イエスが深く憐れんで、手を差し伸べてその人に触れ、『よろしい。清くなれ』と言われると、たちまち重い皮膚病は去り、その人は清くなった」（マルコによる福音書一章四一、四二節）。桜井哲夫という詩人の中に、キリストのものとして取り分けられ、聖化された新しい人の姿を鮮やかに見るのです。キリストの恵みの力、命の力はこのようにして人を「清く」する。その生きた実例を見るのです。

今駒泰成――「夜」と「混沌」の言葉

空の鳥野の花

空の鳥をごらん　野の花をごらん　と仰言ったとき
あのおかたは自然賛歌を詠《うた》われたのではない
〈ずっと人間を追っていこうと思います〉と　あのおかたからの
ように　ぼくは昨日その便りを読んだ
人間――うさんくさいウロンの面妖なのに
思い煩いと運命ぐるになってきみを駆り立てているのでは
と先輩づらもしたのだが

澄んだ目なのでぼくはひそかになる
〈人間なんてもう追いたくも負いたくもない〉のに

空の鳥をごらんと言われてから囀《さえず》りが耳の近くで聞こえ
野の花をごらんと言われてから色彩豊かな世界がひろがり
けれど　灰色の瓦礫に稲妻型に吹き出ている血の赤
大の字に省略された　たくさんの小さな人間じるし
真っ黒な虹なの？　と尋ねれば羽撃《はばた》く仕草で悶える　そんな
子どもらの絵　際立ってぼくを射る
あのおかたはと見れば　おろおろと血の滲《にじ》む子らを抱えて
いまでもわたしはHomelessだと仰言るし

空の鳥は傷だらけ野の花は狼藉と聞けば
初めの日の芽生え　空飛ぶ天賦
方舟の鳩と鳥とオリーブの葉　聖霊の鳩さえも

滅んだ動物一〇〇〇種　植物は二万種
の現況に寄り添い
喩《たとえ》もまたらんる※
〈人間はこの地上に必要なかったと思います〉
とお言葉のように　ぼくは昨日耳にし
どんな詩をこれから書いたらよいのか　だが
花鳥諷詠であってもよいはずのあのおかたが
なおも人間を追い　人間を追うのでぼろぼろになり
踏みしだかれた生命の網
黙々と繕っておられるので

（※「らんる」は「つぎはぎだらけの着物」）

今駒泰成（一九二六―二〇一三年）は東京に生まれました。一九五五年、日本聖書神学校卒業。日本基督教団川崎教会牧師を経て、豊島岡教会牧師。日本盲人キリスト教伝道協議会主事も務めました。

讃美歌「み言葉をください」(「第二編」八〇、「21」五八)の作詞者として知られる今駒は、すぐれた現代詩人としても活躍しました。第一詩集『ぼくの爽やかなレリギオ』以後十数冊の詩集を刊行しています。『魂の風景』は「キリスト詩集」と銘打たれています。『ぱらクレーしす』はパウル・クレーの二十の絵画に着想を得た二十編からなります。

直美夫人はいくつもの病気を得ていた人で、三十数年間病床にあり、今駒牧師は献身的な看病を続けました。夫人との日々にふれつつ、主がモーセを約束の地を見る直前に召されたのは「ひとの挫折や名誉、不名誉、そして死と死後それら一切をひとはただ神に一任すればよいということ」であり、これが「ぼくの爽やかなレリギオ」であると語っています。夫人召天後、記念に編まれた詩集『にんげんをやめて』に付した文章に記されます。「われわれは死においても神の支配の下にあり、神の所有、神の愛の対象であることをやめないからである。まさにわれわれは死ぬが、しかし神はわれわれのために覚めて生きたもう。これをこそインマヌエルという。それゆえに、われわれは死においても滅びない」。

キリスト教と芸術。大きなテーマです。キリスト教と美術。キリスト教と音楽。それぞれに興味深い論点があるでしょう。

キリスト教と文学ということで言うなら、そこにはデリケートな問題があると思われます。なぜなら聖書は「言葉」であり、文学もまた「言葉」を用いてなされるからです。「キリスト教詩」を考える場合にもこの問題があります。美術や音楽と詩との違いは、詩が言葉を直接の素材とする点にあります。それはそのまま、聖書と詩の接近ということを意味します。おそらくそこに詩のもつ固有のむずかしさがあります。人間の言葉である詩は、神の言葉である聖書に及ばない。聖書を有していて、なお詩を有することに意味はあるのか。聖書があればもはや詩は不要ではないのか。

あるいは、詩が聖書の信仰の妨げになることはないのか。詩の言葉が聖書をおとしめてしまうことはないのか。明治以来このことに悩み、葛藤を覚えて来た詩人たちがあったのではないか。信仰をもちつつ詩を書くこと。そこに意味はあるのか。あるのだとしたら、そこでは詩はどのように位置づけられるのか。そもそも、詩は神学や信仰から自立した固有の場所をもつことができるのか。

この問いへの答えとして、今駒は自著『詩的混沌とキリスト教詩論』の中でひとつの詩論を紹介しています。イギリスの神学者ピーター・テイラー・フォーサイスの詩論です。フォーサイスは言います。人間存在を新しく創造するキリストにあって、人間の内にある芸術（美的なもの）創造の能力も再生され、聖化される。芸術とは「福音を反映し、照明するもの」である。さらに、詩は言葉を素材とするゆえに（他の芸術ジャンルに比しても）神の客観的啓示を見失うことなく、キリストの贖罪の御業により近くあることができる。それゆえ詩人がなす言語行為は実に創造行為として、芸術的な意味において「普遍的贖いの使命」を担う。

フォーサイスは芸術を「布教・宣教の手段として実利的・功利的に用いる」ことを戒めます。つまり詩にも固有の領分と作法と目的があるということです。その上で、詩は「音楽的、絵画的、彫刻的、建築的」であり「旋律的、構成的」であり「心という、より高き領域において」成立する「あらゆる他の芸術を含む最も完全な芸術」であると見なされるのです。

フォーサイスは宗教改革的神学に立ち、贖罪信仰を重んじ、高倉徳太郎にも影響を与えた神学者ですが、芸術や詩についてもこうした深い理解を示していたことは覚えられてよいと思います。詩と信仰の問題で悩んできたキリスト教詩人たちがもしフォーサイスのこの詩論を知っていたなら、おそらくは助けとなっていただろう、と今駒は述べます。

作品「空の鳥野の花」は詩集『魂の風景』（本多企画、一九九六年）に収められています。マタイによる福音書六章二五節以下のたとえに拠っていますが、バベルの塔とノアの箱舟の記事が織り合わされ、さらにはキリストの受難と十字架が重ね合わされていると考えられます。

今駒は現代社会における合理主義的、自我中心的ありかたを「昼の法則」「昼の言葉」にとらわれた状況と形容します。現代人は理性の勝利、抽象と科学的概念の世界の勝利に酔い、理路整然と構成されたものに心服し、結果として「夜の言葉」を喪失してしまった。これが今駒の見立てです。それは結局聖なるもの、人間理性に見合わないものを締め出してしまったということを意味します。

今駒によれば、詩人とは「夜の言葉」を語る者であり、「混沌」の中に身を置く者です。「夜」を「闇」と言い換えることができます。現代人が認識しているのは偽りの光、人工の光です。人々はみずから作り出した偽りの光に魅了され、光と闇とを取り違えてしまった。否、神不在の虚無に陥る中で、真に光を光として、闇を闇としてとらえることがもはやできなくなってしまった。意味と無意味の境界をも見失ってしまった。真に感知すべきものを感知するすこやかな、柔軟な感性を失い、結果、無関心と無感動という深刻な病に陥ってしまった。

この病からの救いはどこにあるのか。世界とそこにあるものをみずから意味づけすることをやめること、そこから現代人の救いはもたらされると今駒は考えます。それは今一度「闇」と「混沌」の中に戻っていくことです。神が光と闇とを分けられたこと、混沌であった地に御自身の秩序をもうけられたこと、その事実にかえっていくことです。

詩人はそれをする者です。すなわち（人工的な「昼の言葉」と決別して）「夜の言葉」を語りつつ、神から来る光を待ち望む。混沌の中に身を置きつつ、混沌の世界に再生をもたらす神の御手の業を仰ぐ。詩人とはそのような存在なのです。

「空の鳥をごらん　野の花をごらん　と仰言ったとき／あのおかたは自然賛歌を詠われたのではない」。そうではない。「あのおかた」は人間を問題とされ、人間を追い求められた。「なおも人間を追い　人間を追うのでぼろぼろになり／踏みしだかれた生命の網／黙々と繕っておられる」。「あのおかた」を、詩人は世界のただ中で見つめるのです。

片瀬博子——波打際の決意

夜の樹

主よ
この全地にみちている夜の叫びは
何でしょうか
みなぎってくる静謐《せいひつ》の意志は——
あなたは求めていらっしゃる
この夜のふところで息をたてている
生きものの深い委託を

眠る海の従順を
それは　めまいのするような時の中を
確かに動いてゆく御手のわざと
ひとつになることです
そうです　あなたの足に香油を注ぎ
黒髪で拭った女は問わなかった
いつ　死者はよみがえるのかと——
あふれる涙の中で量らなかった
いつ　このむなしい時は終るのかと——
なぜなら　夜がいつか曙に変ってゆく
その動き　女はそれ自身だったから
女の中に動く手と
見分けが　つかなかったのだから
……………………………
ああ　主よ　わたしは永遠という海の

波打際に　立たせられております
それは例えようもない至福でありながら
胸をつらぬく哀しみです
あなたとひとつになることは
この全世界の哀しみを負うことなのです
世界は哀しみに脈打っている大きな樹です
わたしはいま　初めてその樹につらなり
血を通わせているのを知りました
それが生きているということだったのです
夜の涯《はて》にむかって　かすかに
ざわめきはじめる　葉群《はむら》の讃歌に目を覚まして

片瀬博子（一九二九―二〇〇六年）は福岡市に生まれました。父は医学者、母は歌人。自筆の年譜によれば「両親ともにキリスト者としてプロテスタント長老派教会に属した」とのこと。九歳の時日中戦争開戦。翌年父の北京大学赴任にともない北京に移ります。二年後、姉を結核により失います。

日本敗戦の翌年、帰国。東京女子大学英文科に入学。その年のクリスマスに受洗。大学卒業後北九州市の西南女学院高校英語教諭となります。その翌年、妹を病気で失います。この年結婚。京都に移り住み、三年後長男を出産します。詩を書き始めたのはその少し前の時期です。京都の詩人たちとの、また後年夫の転勤により福岡に移ってからはその地の詩人たちとの交流が深められていきました。

一九六五年、科学者であった夫がイスラエル政府に招聘されたことにともない一年間イスラエルで生活。一九八一年からはある教職者一家と共に福岡市で開拓伝道にたずさわりました。

詩集に『この眠りの果実を』『お前の破れは海のように』『わがよわいの日の』『陶器師の手に』『やなぎにわれらの琴を』『Memento mori』があり、あわせていくつかの翻訳の仕事があります。とりわけ『現代イスラエル詩選集』の翻訳刊行（一九九六年）は詩人の深い思いの込められた仕事です。

キリスト者家庭に生まれ、聖書が「必読の書」であったことも含め、イスラエルはわたしの生涯にとって運命的な関係を持っている。戦後のイスラエル国家建設以後もうち続く戦争や動乱、揺れ動く国内外の情勢にあって、またホロコーストの記憶もいまだ生々しい中で、イスラエルの詩人たちは、練り上げられた美しい言葉、孤独をきわめた者の人間愛、その存在を拒絶された者だけがあずかり得るふかぶかとしたやさしい存在感を得るに至った。民族性も歴史も超えたこの「普遍の力」を知ってほしい。――「あとがき」にそのように記されています。

片瀬博子がキリスト者詩人となっていくことについては、あらかじめいくつかの要因が準備されていました。両親共にキリスト者であったこと。母が文芸に親しむ人であったこと。文学好きの姉の影響で海外の文学作品にふれたこと。

加えて、詩人にとっておそらく死は身近であったと思います。父が医師であったこと。戦争の時代に少女期を過ごしたこと。そして十一歳の時に文学的影響を受けた姉と死別し、二十四歳の時には分身のような存在だった三歳下の妹と死別しています。「床の上に息が絶えた肉体／それはまだ妹であった／それなのに　この夜更け／床の上に身を起こしたものは／その肉体から立ち上って離れてゆくものは／その灰のようにあおざめた後姿は／それは誰なのだ」（「妹に」）。

愛する者の死という現実をとおして、詩人は人間存在を、人間の死と生ということを深く問わざるをえなかったでしょう。生の喜びの背後に、死が貼りついている。愛する者と抱擁をかわすとき、同時に死を予感せざるをえない。そういう人間の哀しみを詩人はまっすぐに見つめます。この後詩人は結婚し、家庭をもち、出産を経験します。しかし、妹の死の記憶はなお鮮明であった。愛児の誕生という喜ばしい時に際しても、このようにうたわれるのです。「星の光に手をぬらし／あらあらしいかなしみにかがやいて／近づいてくる生よ／お前の息が　私の髪にかかるとき／突然　お前は死に変貌する／さしてくる曙の中で」（「夜明けの遊戯」）、「新しい所有は新しい可能性を目覚めさせた／喪失を／お前がほんとうに命なら／それだけ　お前は死なのだ」（「誕生」）。

生と死の真相を見抜き、これと対峙すること。それは詩人の宿命と言い得ることかもしれません。ただ、人は神なきところでも死を問い、生を問うことができます。彼女はキリスト教信仰に生きつつ、詩を書く人です。生と死の問題はそれこそ歴史も民族も時代も超えた、人間における普遍的問題です。けれどもそこで生と死を問い、詩を書く人が真理を知る人であるのかどうか。この一点が決定的です。彼女は人間存在の、人間の命の根源を問わざるをえませんでした。それを問うていくとき、すべての命の造り主、根源であられる御方と出会ったのです。人間を超えた、天にいます永遠者と出会ったのです。すなわち、真に問いかけるべき御方を知ったのです。永遠者と出会う。永遠者に呼びかける。そこにこそ「キリスト教詩」が「キリスト教詩」であることの固有性、それが成り立つ磁場があると言うことができるでしょう。

片瀬博子は正面から「キリスト者詩人」であることをその身に引き受けようとした人です（日本の土壌にあってそうすることにはさまざまな困難がともなうことをも知りつつ）。直接に聖書の記事を素材とした作品も少なくありません（「創世記より」の一連の作品等）。彼女が聖書の人物をうたう時──アダムを、カインを、ロトの妻をうたうとき、そこでは例外なく、神の前の人間そのものが問われています。それは詩人自身でもあり、読者一人ひとりの姿でもあるのです。

作品「夜の樹」は詩集『わがよわいの日の』（思潮社、一九六七年）に収められています。真理であり、命である御方を知ることとは「永遠という海の／波打際に　立たせられ」ることであり、それは「例えようもない至福」でありながら「胸をつらぬく哀しみ」でもある。この御方とひとつになること。それは「全世界の哀しみを負うこと」である。しかし、それが生きるということである。キリストを信じ、キリストに従って生きること。そしてキリスト者詩人として、表現者の道を歩んでいくこと。そのふたつの命題がひとつとなっている。そういう消息を見て取ることができます。そこに、狭き道を行こうとする詩人の決意と覚悟を見るのです。

木の葉を配達される手紙に見立てて遊ぶ愛児の姿を切り取った作品「木の葉」（『お前の破れは海のように』所収）では、このようにうたわれます。「あのポストにほうりこんだ青葉は／どこに運ばれていったろうか／／お前は知っているだろうか／遠い祖《おや》　逃げてゆくアダムとエヴァの／最初の罪を掩ったいちじくの葉を／／ノアの箱船から飛びたった鳩が／洪水の世界にくわえてきた／橄欖（オリーブ）の葉を／／そして　ポーランドの湿地帯／ガス室にむこう全裸の行列の中から／お前の幼い兄が見た／霧の中に光っている緑の葉を／／希望より遠く／かなしみより大きなひろがりを／舞ってゆけ／お前の言葉よ」。

森田進——詩と信仰の接点

聖夜

ひたひたと波がうたっています
夜光虫が待ちきれなくて
背伸びしています
あちこちで
星がきらめきはじめました

こんなしずかな夜
時がみちて
すてられたひとびとの涙から
あたらしいメシアが生まれるのです

ひとびとは
ふたたび
よみがえるのです

島ぜんたいに星が降っています

森田進（一九四一―二〇一八年）はさいたま市（当時は浦和市）に生まれました。同志社大学、早稲田大学に学んだ後、下関市の梅光女学院の国語教師を経て、一九七〇年から四国学院大学に勤務。一九七八年には韓国崇田大学大田キャンパス（現韓南大学）客員教授を務めました。一九八三年から恵泉女学園大学・短大教授として近代日本文学を教えました。二〇〇〇年、韓国釜山市の新羅大学研究員。二〇〇七年四月、東京神学大学に学士入学。二〇一一年、大学院博士前期課程を修了し、日本基督教団土師《はぜ》教会に赴任し、二〇一六年三月まで牧師を務めました。その後大泉ベテル教会牧師。二〇一八年七月、召天。

森田には、創作活動と密接なつながりを有しつつなされた三つの柱とも言うべき働きがありました。第一に、在日韓国人詩人や韓国の詩人たちについての研究と翻訳・紹介、および日本のハンセン病文学の紹介です。第一詩集の『海辺の彼方から』(一九七一年)から『乳房半島・一九七八年』(一九八〇年)、『野兎半島』、そして二十八年ぶりの詩集となった『美と信仰と平和』(詩画集——挿画は直子夫人)まで、朝鮮半島をモチーフとする作品が中心であることにおいて一貫しています。それらは大学教員として実際に韓国の人々とふれあった原体験から生み出された作品です。戦後の韓国と日本との和解と平和のために、その架け橋的役割を担うことを自身に課していたのだと思われます。日本の植民地支配の記憶、南北分断、軍事独裁政権と、戦後も悲しみや傷の中に置かれ続けた韓国の人々との交わりは絶えず緊張をはらみ、時に軋轢を生じるものでしたが、そうした中で森田は真実の言葉を紡ぎ出していきます。一連の作品は詩であると同時に、韓国の民衆の生々しい証言の記録です。この分野の仕事として『在日コリアン詩選集』(土曜美術社出版販売、二〇〇五年、佐川亜紀との共編）があります。

森田の詩の師であった詩人大江満雄（一九〇六―一九九一年）はハンセン病者の人権保障のたたかいに同伴しつつ、「ハンセン病詩」紹介の先駆者となった人です。桜井哲夫も属していた栗生詩話会の詩欄選者も務めました。森田は大江を通して栗生楽泉園を知り、そこで村松武司と出会い、在日朝鮮人のハンセン病者詩人香川末子と出会い、同じく村松に師事していた桜井哲夫とも出会います。そうした出会いの中で、彼自身もハンセン病文学を自己に課せられた課題として担っていくのです。この分野の仕事として『詩とハンセン病』（土曜美術社出版販売、二〇〇三年）があります。

第二に、『詩と思想』誌の編集・発行の働きです。一九七二年創刊の『詩と思想』は全国の詩人たちの活動の集結点とも言うべき月刊誌で、地方の詩人たちの参与や新しい詩の書き手の発掘等、現代詩を広く人々に知らしめることをも目的としています。森田は一九九九年から八年にわたってこの雑誌の編集長を務め、現代詩の啓蒙に心血を注ぎました。

第三に、伝道者・牧師としての働きです。六十六歳で神学校に入学し、卒業後ふたつの教会に仕えました。召天後、説教集『言葉の献げ物』が刊行されました。土師教会在任中の六年間に語られたすべての説教を収めた八百頁を超える書物です。その説教は忠実に聖書を説き明かす堅実な、骨格のしっかりした説教です。親しみやすい語り口で、霊的な豊かさをたたえつつ、福音をまっすぐに語り示します。

詩の目的は読み手に感動を与えることです。だれの心にもさまざまな思いがあります。ただ、それらは混沌としたまま、整理されないまま心にあるかもしれません。そうした思いが詩の言葉にふれることによって感動を与えられ、高揚し、もやもやしていた思いが浄化される。この浄化作用（カタルシス）を果たしたなら、それで詩の目的は果たされたということになります。それゆえある詩人は詩を舞踊になぞらえています。舞踊は実用的な目的を果たすものではありませんが、美しい。観る人に感動を与えるのです。この点、詩は言葉による舞踊であるとも言い得ます。

そうであればその作品が詩と呼び得るものか、詩として成り立っているか、それはひとえにこの目的に沿うものかというはかりに従って判断されねばならないことになります。単に行を分けて書かれたものが、それだけで詩の実質をそなえているとは言えないのです。聖書やキリスト教的な素材を用いたならそれで「キリスト教詩」が成立するわけではないということにもなるでしょう。

森田もまた詩作を言葉を用いて美を創造する行為と見ます。しかし「キリスト教詩」となると、そこには固有の課題が求められ、緊張関係も生じてきます。なぜなら、そこでは判断の基準は「美」ということにとどまらないからです。永遠者の前に立つ。そこでは倫理が問われ、生き方が問われ、人間性の全体が問われるのだからです。

多くのキリスト者詩人たちと同様に、森田もこの課題に身をもって取り組み、苦闘を続けました。その到達点がどこであったのか。ふたつの文章から引いてみます。「最大の課題は詩を越える。それは私ではない究極の他者との出会いである。その時、わたしの救いという宿題がせり上がってくる。私はあなたでもある、という次元を突き抜けてしまう究極の課題である」（『言葉の献げ物』土曜美術社出版販売、二〇一九年、九四頁）、「言葉は意味を伴う限り、観念化、論理化をさけられないが、観念が肉体化するためには、言葉に美学（美的感性）が伴わなければ満足できないのが詩人である。ところが美的感性というものは危ない存在で、善悪の領域に入り込み、しかも興奮を伴う。／多くの宗教学で、美的存在よりも宗教的存在を上位に位置づけるのは、この辺の危なさに気がついているからであろう。にもかかわらず、私は詩に執着している。ただし牧師となった詩人としては、そのぎりぎりの地点での、倫理的判断があって、かつての私自身に決別したのである。決別しながら悶え続けている。（略）いつか（もう時間がないのだが）信仰が美学を支え、美学が信仰と神を讃える時が来ないものだろうか」（『美と信仰と平和』土曜美術社出版販売、二〇一三年、八六四頁)。

作品「聖夜」は第一詩集『海辺の彼方から』(昭森社、一九七一年)に収められています。美しい光景です。この詩については「説教黙想　アレテイア」誌に寄せた論考の中で詩人自身が解説しています。「聖夜」から、読み手はクリスマス・イブを思い浮かべるかもしれない。だが、待ってほしい。「夜光虫」は夏の季語である。この詩は真夏の瀬戸内海を思い浮かべて書いた。つまり「聖なる、非日常的な夜として、私はあえて既成概念をずらした」(『森田進詩集』新・日本現代詩文庫137、土曜美術社出版販売、二〇一八年、一四三頁)。これが詩的技法であるわけです。「過疎化し、疲弊していく瀬戸内の漁村の夜、一日の労働を終えた漁師たちの夕食後、そこに降り積もる疲労と都会へ出ていった肉親たちを思いやりながらも言葉に出さない慎み深い心で星を見上げている人々。この離島にこそ救いの出来事が起こるだろうというメッセージ」(同頁)をこの詩に込めていると詩人は語ります。

初期に書かれた作品ですが、この「ひとびと」とは後に詩人が寄り添うことになるすべての抑圧された人々、傷つけられた人々、苦しめられた人々でもある。そう読むことができるでしょう。ちなみに詩人はこの詩の神学的テーマは「受肉」であると言っています。

柴崎聰――想念の形象化

ゴルゴタ

残された左手の意欲と技巧を
粘土のかたまりに注いで
無機質の重心から
魂の苦悩を彫りだそう
野ざらしのされこうべを刻みだそう
左手のこてが粘土をこそぎ落とすと
刑場に向かうべき人の子の表情が

一瞬　悲しげに歪《ひず》んで見えた
麻痺した右手の残念を
左手の焦燥と自由にゆだね
殺《そ》ぎ進む十字架への道で
粘土は光と闇を引き継ぎ
たぎる青銅がその形に鋳《い》こまれる
粘土が完膚なきまでに砕かれる刹那《せつな》
人の子の沈黙と苦悩は
バプテスマのヨハネのように
青ざめた首の上で成就する
ゴルゴタはまなざしも口もとも荒削りのまま
疲労困憊の体《てい》でうつむきつづける
天を仰いで言葉をつぶやくまで
――エロイ　エロイ　ラマ　サバクタニ

柴崎聰は一九四三年、仙台市に生まれました。慶應義塾大学進学を機に上京。在学中文学に親しみ、詩作を始め、教会にも通い始めます。一九六五年受洗。卒業後出版社に入社、編集の仕事に従事。一九七一年日本基督教団出版局に入り、長く編集者を務めました。二十代後半から三十代にかけての時期に安西均、石原吉郎、島崎光正、森田進らキリスト者詩人たちや高堂要、斎藤末弘らキリスト教文学者たちと出会い、彼らの文学的エッセンスを豊かに学び取ります。

一九八七年、東京で開かれた韓国、台湾、日本の文学者による第一回東北アジア・キリスト者文学会議に出席。一九八九年、韓国ソウルで開かれた第二回会議のおり、三・一独立運動の時に教会焼き討ち事件のあった堤岩里を訪問。一九九二年、日本キリスト教詩人会の創立に参加。安西の呼びかけに柴崎と高堂がこたえ、呼びかけを行い、二十数名の参加者を得て発足した団体です。これまでに講演会、研究会、詩誌の発行、アンソロジーの刊行といった活動が継続してなされています。

先に挙げた人々のうち、とりわけ石原吉郎との交流が深かったようです。森田進から石原の名と詩集を紹介され、その作品に魅了され、編集者としてエッセイ集の執筆を依頼したことに始まって、石原が死去するまで少なからぬ親交を得たとのこと。柴崎は六十歳になる直前に大学院に入学しますが、それは石原の作品を本格的に、とくに聖書やキリスト教の影響がどのようであったのかを中心に研究するためでした。博士論文をもとにした研究成果が二〇一一年、『石原吉郎　詩文学の核心』（新教出版社）というタイトルで刊行されています。

詩においては、思いや感情をそのまま述べることは好まれません。説明的な言葉もよろしくありません。詩は言葉の切れ味を大切にします。伝えたい中身を、読み手の感受性に訴えてカタルシスをもたらす。思いや感情は目に見えないもの、形のないものです。これを形にするのです。思想や感情、伝えたいものは、形象化されなければならないのです。伝えたいことがはっきりしている。まずそのことが大切ですが、その伝えたい想念を形象化し、鮮やかなイメージで表現することによって詩の目的は果たされます。想念を「物」として、形あるものとして言語化する。柴崎の作品には初期の頃からドイツの詩人ライナー・マリア・リルケの影響がみられますが、リルケはそうした技法を彫刻家オーギュスト・ロダンから学んだとのことです。柴崎の作品も想念の形象化においてすぐれており、言葉の醸し出すイメージは鮮烈です。

詩の技法、詩表現のための技術がわきまえられなければなりません。その中で最も重要なものは比喩です。あるものをそれとよく似たもの、共通する何かをもつものになぞらえて表現する。そのことによって書き手は読み手に、伝えたいことをより印象深く伝えることができるのです。

比喩が巧みかどうか。このことが詩作品の命にかかわるとも言いえます。使い古されてしまった比喩があります。「雪のように冷たい」とか「春が訪れる」と言ってみても、もうだれも感動はしないでしょう。ある詩人は恋人の女性の手を「獣皮の手袋」にたとえています。恋しい女性も獣の本性を宿している。こちらははっとする、鮮烈な比喩です。

柴崎は「福音と世界」誌の連載を一冊にまとめた著書『詩の喜び　詩の悲しみ』（新教出版社、二〇〇四年）の中で、比喩について論じています。「聖書は比喩の宝庫である。イエスの譬えは言うに及ばず、新鮮でしなやかな比喩を各所に見出すことができる」（一九三頁）。たとえば旧約聖書哀歌二章一三節「海のように深い痛手を負ったあなたを／誰が癒せよう」について。「海のように」を「深い」のみにかける読み方もあれば、「深い痛手を負った」までかける読み方もある。「『海のように深い』は平凡である。海も深い痛手を負っているのだと読むと、想像の波動は海の内心にまで及び、他人事ではなくなる」（同頁）。

さらにキリスト者詩人香川紘子の作品（「小さな祈り」）が引かれ、香川が主なる神に呼びかけて「あなたがお写しになった／何百分の一の航空写真の砂の中から／こっそりともたげた蛤の水管のような／小さな点」は「孤独な夜の深海の底から／あなたに向って伸びていく潜望鏡のような／わたしの信仰の空気穴」であると表現するのを、信仰詩におけるすぐれた比喩として評価します。そして言います。比喩は言葉そのものに内在している。それは先達が命を燃やして生み出してきた貴重な遺産である。それを利用することでわたしたちの表現が豊かになると同時に、常套句の中にとどまって貧しいものとなる危険もはらんでいる。「言葉に広く深くたずさわる者には、時代のしがらみから解き放たれた比喩を創造する責任がある。まったく新しい言葉を創造することはできない。言葉の組合せによって、真新しい地平を伐《き》り開くしかない」（一九九頁）。

作品「ゴルゴタ」は詩集『テッセンの夏』（土曜美術社出版販売、一九九九年）に収められています。カトリックの彫刻家舟越保武（一九一二─二〇〇二年）の作品「ゴルゴタ」に着想を得た詩です。舟越は七十五歳の時脳血栓で倒れ、右半身に不自由をきたした。強靭な精神力によって、左手でデッサンを開始。二年後にブロンズ像「ゴルゴタ」を展覧会に発表。「その作品に私は痛く感銘を受けた。イエスの受難の悲痛さに舟越の境遇を重ねたからかもしれない。／NHKのテレビ放映によって、舟越の現在の制作方法が、かつてのように両手で粘土を付け足してゆくものではなく、ひと固まりの粘土を面前に置き、それを殺ぎ落してゆくものであることを知った。左手しか使えない作家が、やむなく編み出した方法であろうが、私にはそれが、わが身を削るようにして物心の神髄に限りなく肉薄してゆく方途として、むしろ納得がいったのである」（『柴崎聰詩集』

新・日本現代詩文庫10、土曜美術社出版販売、二〇〇二年、一二八頁)。

彫刻作品を詩作品に移し取っていく。興味深い詩であると思います。「魂の苦悩」という目に見えないものが、ブロンズ像として成型されていく。「麻痺した右手の残念」が「残された左手」の「意欲と技巧」「焦燥と自由」にゆだねられ、粘土が殺ぎ落とされていくことで形を帯びていく。それは十字架への道を進む「人の子の表情」、キリストの顔です。それは、彫刻家の魂の「かたち」そのものである。その「かたち」を、さらに言葉によって象っていく。言葉もまた「光と闇とを引き継ぐ」のです。

中村不二夫――「たたかい」と「やさしさ」

命の時

――昭和戦後を生きた人たちへ――

もう何日も　病室の窓は閉じられたままだ
その人は　呆然と空の彼方を見上げている
かつて頭上を戦闘機が旋回したこともある
（お国のためと女子も勤労奉仕に駆り出された）
アベベの快走の日も忘れることができない
（高度成長　みんな昼夜を惜しまず働いた）

思えば　我を忘れて走り続けた人生だった
ゴール手前　自力で最期のテープが切れない
いつか故郷の空に帰っていけるのだろうか

「夕やけ小やけの赤とんぼ
　負われて見たのは　いつの日か」
また一緒に「赤とんぼ」の歌を歌えますか
その人が眠る部屋　ぼくは黙って膝を折る
夜明け前　調理場の動きが急に慌ただしい
それは黙々とパンを運ぶ人たちの姿だった
「お待たせしました　朝ごはんですよ」
だれかの手によって人の命は再生される
「食べることが仕事ですよ」の声に励まされ
その人は一日の命の糧を口に運ぶ

また東京に新しいオリンピックがくるという
「もう一度　あの日のように走ることができますか」
「またみんなで一緒に東京の街を走りましょう」
その人は胸の上で指を組み　大きく目を見開いた
死の陰の谷　その人は懸命に命綱を握りしめている

中村不二夫は一九五〇年、横浜市に生まれました。神奈川大学卒業の年に結婚、以後東京に在住。二十代半ばの時期から詩を書き始め、いくつかの詩誌に参加し、また創刊にもかかわりました。詩集に『Ｍｅｔｓ』『ＰｅｏＰｌｅ』『使徒』『コラール』『Ｈｏｕｓｅ』『鳥のうた』等。ほかに評論・エッセイ集が数冊刊行されています。中村と同じ日本聖公会に属し、聖職者でもあった山村暮鳥（一八八四―一九二四年）に関する研究書もあります。『廃墟の詩学』『戦後サークル詩論』は戦後詩の歴史を全国くまなく概観し、グループ、詩誌、サークル（学校、職場、療養所等）それぞれの足どりをたどり、膨大な資料や文献にあたりながらその姿を掘り起こし、再構成を試みる労作です。「詩と思想」誌の編集委員を経て編集長。日本詩人クラブの理事長・会長も務めました。現代詩壇にあって中心的な働きを担っている詩人のひとりです。

中村は歴史や政治、社会のありかたへのしっかりした見識をもつ詩人です。そのことにも、中村がキリスト者であることがあずかっているでしょう。キリスト者は天地の造り主であり、歴史の主である方を知っており、この方の真理のはかりに従ってこの世に起こりくるすべての事象をはかるすべを知っているからです。

さらに、ただ歴史を記録することにとどまらず、みずからそのただ中に参与し、みずからの手で歴史をつくり出すことで、はじめて歴史を学んだと言い得るでしょう。みずからの言葉に責任をもち、みずから語った言葉を体現して生きる。そこで詩人の生き方が問われてくることになります。「戦争やテロ」。「派遣切りや米軍基地問題」。「貧困や病気による経済的不安、家庭や職場の不和による精神的問題」。硬直した人間と言葉のありよう。そこからもたらされる人間疎外状況。中村はそうした社会の闇の部分を正面から見据えつつ、明確なたたかいの姿勢を示します。人間がよりよく生きることは、十字架の苦悩、復活の喜びを通してみずからの真実を直視することにほかならないとの理解に立ち、人類が原罪に目覚め、内面から主体的に変わっていくことが期待されるところでのたたかいです。キリスト者は他者を赦し、暴力と報復の連鎖を絶ち、敵を愛し、剣を鋤に変え、平和を実現するすべを知っています。

一方、彼はこの点についても、詩人としての矜持を示します。「最近の私は詩人たちがあまり詩の芸術性を顧みず、安易に反戦平和の詩を標榜することに疑問を感じている。（略）詩の言葉の本質は現実事象と渡り合いながらも、そこに五十年、百年後に読まれても通用する普遍的言語が配置されていなければならないものだと考えている」「（戦争論議に身を投じることより）優れた抒情詩を一篇生むことのほうが、どれだけ人類の恒久平和に貢献していくだろうか。そのことに詩人はもっと気付くべきだ。自らの内面を洞察できず、どうして安易に社会事象を論じていけるのか。戦争を自然から疎外された現象ととらえるなら、科学的な分析をする以前に、そこには精神の回復ということがテーマとして語られなければならない」（『詩の音』土曜美術社出版販売、二〇一一年、八八頁）。

作品「命の時――昭和戦後を生きた人たちへ――」は詩集『鳥のうた』（土曜美術社出版販売）に収められています。二〇一九年に刊行された最新の詩集ですが、それまでの詩集に一貫して流れていたふたつの姿勢をこの詩集にも見ることができます。ひとつは政治や社会、国家の闇に対峙する姿勢です。「いつしか大きな旗を持たされ振っていた／いったいだれのための愛や正義だったのか／独りになれない弱さだったのかもしれない／人は立ち去り／ぼくは過去を洗っている（略）闇の中／ぼくは世界に向けて独りの旗を振る」（「独りの旗」）、「この夏　ついに国会で不戦の旗が降ろされた／これで国は躊躇せず　邪魔な個体を消滅できる／これもみんなで選び　みんなで決めたことなのか／そうであれば　ぼくはみんなの中の一人にはならない／ぼくは紙の上を一人で文字行進する」（「権力の意思」）。

もうひとつは権力によって抑圧され、傷つけられ、自由を奪われた人々の魂の痛みに寄り添う姿勢です。このふたつの姿勢はおそらくひとつに結びついているでしょう。旧約聖書の預言者が当時のイスラエル社会の腐敗したありようを厳しく糾弾した一方で、虐げられた人々にあたたかいまなざしを注いだことが思い合わされます。

「命の時」には、中村のあたたかいまなざしがあふれています。一度めの東京オリンピックは一九六四年。その時期に若者であった多くの人々が地方から都会に出、高度成長を支える貴重な労働力としてもてはやされた。そうした人々の真摯な働きによって日本経済は支えられてきた。今また「新しいオリンピック」が東京に来ようとしている〔二〇二一年に開催された〕。詩人の目は「オリンピック」そのものにも、浮ついた世相にも向けられてはいません。戦争も体験し、戦後の時代をひた走りに走り続け、家庭にもいろいろなことが起こり、今は老い、衰え、働くこともかなわなくなって孤独の身を横たえている。最期のゴールテープが自力で切れない。「一日の命の糧を口に運」びつつ、「死の陰の谷」に置かれて「懸命に命綱を握りしめている」。そのひとりの人に、詩人はまなざしを注ぐのです。ひとつの命の重さ、一人の人間の尊厳を、あるべきしかたで受け止めるのです。

キリストの贖いは人間の全領域に及ぶものであり、聖書と聖霊によって知性も感性も共に磨かれ、新しくされ、聖化の恵みを与えられる。そしてこの世の過ぎ去る時間（ギリシア語「クロノス」）のただ中で、神の永遠の時間（同「カイロス」）を生きることを得る。そうであれば、キリスト者であるがゆえに書き得る詩というのもきっとあるはずです。ただ、そうした知性と感性とを与えられているゆえに見えてしまう現実もあるでしょう。そこで負わなければならない重荷も、耐えなければならない痛みもあるでしょう。そうしたものを身に引き受けつつ紡ぎ出される詩人の言葉は、そのまま社会と人間の癒しと再生を願う祈りそのものとなるにちがいありません。「消えていく者の命について／撃たれて死ぬ者の声について／世界は何を語ったのか／（何も語らなかったのか）／いまこそ凪よ　世界を開け／命ある者の声に耳を澄ませ」（「鳥の命」）、「雨上がり高層ビルの彼方に虹を見た／虹は　大きな手を空いっぱいに広げ／生きとし生けるものに祝福を与えていた／ぼくの心は向かう　祈りのような空へ／明日になれば　きっと病める者は立ち上がる／そのことを確信し／ぼくは光の輪を潜った」（「光の手」）。

川中子義勝——審判と救済の言葉

高圧鉄塔

はるかに遠ざかる
時の源から
滅ぼすことばが
唸《うな》りとなって轟《とどろ》いてくる

ひとつの世界をなぎたおし
うなる高電圧がその背中ではじけ

青白い閃光をはなつ
時代の夜に佇《た》つ
あたらしい烈天使は
そのように激しく翼を焼かれねばならない
山稜にしなる高圧鉄塔のように
嵐の夜に峙《そばだ》つ徴《しるし》として
ひとすじの系譜を　ひたすらに掲げつづけるものは――

いくえにも身を拘束する
過ぎさった彼方への導線から
もとより解き放たれることを願うのではない
むしろ懼《おそ》れるのだ
歴史の谷間に遺《のこ》る

滅ぼされたあまたの塔の記憶が
あらたな地平線をも褐色の荒野として
拓《ひら》きはしないかと

直立への希求がむしろ
望まれる季節《アイオン》の不在を証明するのではないかと

惑うごとに
極北の宙《そら》からなおも吹きつけてくる爆裂風
あまたの宇宙をなぎたおしていく
荒《すさ》びの風圧

青白い稲妻に一瞬を照らし出されて
この時代の烈天使の
臓腑《はらわた》が見える

焼けただれた骨組みのかたちとして
その骸《むくろ》は
各時代の敗残と悔恨の痕跡《あと》に
いくえにもかさなって ──

だがほんとうだろうか
真に恐ろしい言葉のみが
澄みわたる響きをもたらすとは

むきだしの電圧に総身を晒《さら》され
苛酷な電撃に耐えることをゆるされたもののみが
ひとつの変圧器とされ
妙なる反響《ひびき》を贈りゆくとは

わがみを呪うような唸りをあげながら
鉄塔はなおも歌っている

耳をすませば
荘重なオルゲルプンクトを越え
光のフーガとなって
一斉に流れくだってゆくその言葉は

ついに朝焼けのひかりとなり
麓のちいさな娘の瞳に
のぞみの閃光として映ずるのだ

川中子義勝は一九五一年、埼玉県与野市（現さいたま市）に生まれました。埼玉大学で哲学を学び、卒業後ドイツのマールブルク大学に留学。この時、彼の詩作に決定的な影響を与え、後の研究対象ともなるドイツの思想家ヨーハン・ゲオルク・ハーマンの著作と出合います。帰国後東京大学大学院でドイツ文学を研究。修士課程修了後、熊本大学を経て東京大学大学院総合文化研究科教授。

　詩集に『眩しい光』『ものみな声を』『ときの薫りに』『遥かな掌の記憶』『廻るときを』『魚の影鳥の影』。詩誌「ＥＲＡ」を主宰。〈詩と思想〉誌編集長。日本詩人クラブ理事長、会長を歴任。川中子は無教会のキリスト者で、内村鑑三や矢内原忠雄についての研究書もあります。またルードルフ・ボーレンの著作の翻訳の仕事もあります（『祈る――パウロとカルヴァンとともに』ほか）。

　川中子の創作活動において顕著な点は、聖書を正面から詩作の土台に据えていることです。「未だかつて、川中子のように聖書的世界という古代の建造物にどっしり軸足を置き、詩言語でキリスト教詩をリノベーションした詩人はいない」（中村不二夫）。聖書そのものを足場として創作し、そのことによって「キリスト教詩」は成立し得るかとの問いに正面から向き合い、見事にこたえてみせた。この点で、川中子は注目すべき詩人です。

　その詩のイメージは美しく、鮮明です。的確な、磨き抜かれた比喩表現が印象的です（聖書そのものが豊かな比喩表現にあふれていることが思い合わされます）。川中子の詩の特質のひとつは、美しさにあります。けれどもそれはたんなる美しさではありません。いわゆる日本の詩の伝統的詩情といったものとは異質です。そして、あきらかに言葉の出処が異なっています。その理由はほかでもなく、聖書を地盤として言葉が生み出されてくることにあります。

日本においては多くの抒情詩が生み出されてきました。しかし、そこではいつも主語は「私」であり、あくまでも「私」がふれた事物について「私」の流儀でうたうということになります。つまりそこでの詩は「独白」になります。閉鎖的な、内面の世界にとどまってしまうということにもなるのです。

川中子の詩はそうではありません。いわば「二人称」の詩です。なぜなら、詩人の前にはいつも永遠者が立っているからです。この永遠者との対話、「我―汝」の関係抜きには、川中子の詩はありえません。創造者であり、救済者である唯一の存在と対峙する。その地点から彼のあらゆる言葉は紡ぎ出されてきます。この点が彼の詩の固有の性格を規定しているのです。

美しさ、イメージの鮮明さとともにその詩の特質となっているのは音楽性です。調べの流麗さにおいて際立っています。絵画的であり、かつ音楽的であると言いうるでしょう。それは川中子が詩を「うた」ととらえているところからきています。ほかでもなく、讃美の「うた」です。

被造物である人間は、造り主である神との交わりに生きるべく造られました。人間は神のかたちに似せて、すなわち霊的存在として造られている。それゆえ人間が神との交わりのうちに――「わたし」と「あなた」という二人称の関係に生きることは創造の秩序です。そして、神を讃美することは人間の本来的な業です。「人間は全存在的に、被造物の『ことば』を身に担い、万物の鼓動を反響させ、神の創造の『ことば』に応答する。人間は神の祝福に『讃美』をもって応える存在なのである。（略）実に、人間自身が一つの楽器、一本の笛である」（『詩人イエス』教文館、二〇一〇年、四〇頁）。ここで讃美の「うた」をうたう存在こそ詩人であるとすれば、本来詩と信仰とは両立する、啓示の言葉とそれへの応答としての「うた」との間に齟齬《そご》はないということになるのです。

しかし始祖にあって人間は神のもとを背き離れ、神との関係は破綻しました。世界と人間は危機に陥りました。その危機のただ中に、神の憐れみと救いはあらわされます。神の義しさは（審きにではなく）赦しにこそあるという「神の義の再発見」が修道士ルターを「宗教改革的転回」に導いた。「不安と困苦の深淵にあって人は神の恵みに出会う。聖書の神は人間の『破れ』を覆うべく淵の底ふかくまで降ってくる。このように先立ち同伴する神の現実に出会った者の口にあふれる腹の底からの歓喜」（『詩人イエス』六七頁）。この人間性の深い淵から湧きあがる讃美こそが、旧約の詩編から新約の「マリアの讃歌」に通じる聖書の歌の精神である。

讃美の「うた」はキリストにあって本来的なものとして回復されたのです。聖書の言葉そのもののもつ絵画的、音楽的な美しさの照り返しとしての詩の言葉は、キリストのもとでこそ甦ったのです。

作品「高圧鉄塔」は詩集『遥かな掌の記憶』（土曜美術社出版販売、二〇〇五年）に収められています。「うなる高電圧」が「青白い閃光をはなつ」。それは「滅ぼすことば」、審判の言葉です。それは唸りとなってとどろき、天使の翼を激しく焼く。青白い閃光の稲妻に照らされて、焼けただれた天使のはらわたが見える。しかし、詩人はそこに「変圧器」を見るのです。この変圧器のもとで、世界と人間の定めは転換する。逆転する。「変圧器」とはキリストその方でしょう。

この作品についての詩人自身の解説です。「記号として人間がほしいままに操れる道具とする、平板化した今の時代の言語観に対して、言葉が、人間の実存を震撼させる『亀裂、切り立ち、背後、向こう側』を持つことを暗示。世界と等価、あるいはそれ以上の重みをもつ言葉、世界を創り出し、更新するような言葉は存在するか。（略）人間存在を滅びに直面させるような発話が、逆説的に、その言を受けた個人を介し、民族・社会に対する根本的な癒しを語る。審判と救済とを一挙に告げる言葉の存在を旧約預言者は指し示した」（『川中子義勝詩集』新・日本現代詩文庫146、土

曜美術社出版販売、二〇一九年、一三六頁）。

　世界の根源から発せられる言葉。光と闇、生と死、滅びと救いの緊張関係をつねにはらむ言葉。そして究極的には闇を、死を、滅びを克服した光の、命の、救済の言葉。そういう言葉は存在するか。そういう言葉は、ただ聖書にのみ存在します。「耳をすませば／荘重なオルゲルプンクトを越え／光のフーガとなって／一斉に流れくだってゆくその言葉は／／ついに朝焼けのひかりとなり／麓のちいさな娘の瞳に／のぞみの閃光として映ずるのだ」。

参考文献

『石原吉郎詩集』現代詩文庫26、思潮社、一九六九年
『現代詩読本2　石原吉郎』思潮社、一九七八年
柴崎聰『石原吉郎　詩文学の核心』新教出版社、二〇一一年
若松英輔編『新編　志樹逸馬詩集』亜紀書房、二〇二〇年
島崎光正詩集『柊の花』日本基督教団出版局、一九八二年
島崎光正『私の旅路』ぶどう社、一九九二年
『澤村光博　全詩集』土曜美術社、一九七五年
澤村光博『詩と言語と実存』湯川書房、一九七一年
『藤一也全詩集』沖積舎、一九九〇年
藤一也『わが戦後詩の「詩と思想」――詩と神学――』沖積舎、一九九七年
渡辺元蔵『藤一也　その詩と思想の系譜』近代文藝社、一九八九年
『桜井哲夫詩集』新・日本現代詩文庫12、土曜美術社出版販売、二〇〇三年

参考文献

森田進『詩とハンセン病』土曜美術社出版販売、二〇〇三年
今駒泰成詩集『魂の風景』本多企画、一九九六年
今駒泰成『詩的混沌とキリスト教詩論』書肆青樹社、一九九六年
『片瀬博子詩集1957―1997』書肆山田、一九九七年
『森田進詩集』新・日本現代詩文庫137、土曜美術社出版販売、二〇一八年
森田進&森田直子『美と信仰と平和』土曜美術社出版販売、二〇一三年
森田進『言葉の献げ物』土曜美術社出版販売、二〇一九年
森田進『言葉と魂　詩とキリスト教』ルガール社、一九七七年
『柴崎聰詩集』新・日本現代詩文庫10、土曜美術社出版販売、二〇〇二年
柴崎聰『詩の喜び　詩の悲しみ』新教出版社、二〇〇四年
柴崎聰『詩人は聖書をどのように表現したか』新教出版社、二〇二二年
中村不二夫詩集『鳥のうた』土曜美術社出版販売、二〇一九年
中村不二夫『詩の音』土曜美術社出版販売、二〇一一年
『川中子義勝詩集』新・日本現代詩文庫146、土曜美術社出版販売、二〇一九年
川中子義勝『詩人イエス』教文館、二〇一〇年

あとがき

本書は日本キリスト改革派教会大会教育機関誌委員会発行の月刊誌「リジョイス」に二〇二二年一月から一年間、十二回にわたって連載したものをもとにしています。信仰をもって詩を書き続けた詩人たちのことを信徒の方々に知っていただきたいとの願いを込めて、毎月の原稿を準備しました。キリストにあって新しく生まれた人には、新しい言葉が与えられる。その思いを書名に込めました。

私自身、伝道者の務めを担いながら詩を書いてきた者のひとりです。信仰をもちながら詩を書くということははたして可能なのか。詩と信仰とはどのような関係にあるのか。そうしたことをくり返し問わされてきました。伝道者が詩を書くのはふさわしいことではないと思い定めて、読むことからも書くことからも遠ざかっていた時期もありました。連載をとおして、この決して小さくはないテーマにあらためて向き合わされたように思います。ここに取り上げた詩人たちからも、これまで多くの示唆を与えられてきました。今後も詩作を続けることを主がおゆるしくださるなら、この問いを（試行錯誤をくり返しつつも）なお抱えていくことになると思います。

「リジョイス」編集部の皆様には、連載時からお世話になりました。神学校時代からの友人の山村貴司牧師（画家でもあられます）は、本書にふさわしい表紙絵を提供してくださいました。日本キリスト教詩人会会員の時澤博さんは、帯文を執筆してくださいました。刊行のため尽力をくださった一麦出版社の西村勝佳氏は、連載中から愛読くださっていたとのこと。大切な方々の主にあるご厚意に、心より感謝を申し上げます。

木下裕也

新しい人　新しい言葉
――戦後日本のキリスト教詩人たち

発行日……二〇二三年十月二十七日　第一版第一刷発行
定価……[本体一、八〇〇＋消費税]円
著者……木下裕也
発行者……西村勝佳
発行所……株式会社一麦出版社
札幌市南区北ノ沢三丁目四―一〇　〒〇〇五―〇八三二
郵便振替〇二七五〇―三―二七八〇九
電話（〇一一）五七八―五八八八　FAX（〇一一）五七八―四八八八
URL http://www.ichibaku.co.jp/
携帯サイト http://mobile.ichibaku.co.jp/
印刷……株式会社総北海
製本……石田製本株式会社
装釘……須田照生

ISBN978-4-86325-153-3 C0095